I0550872

UN MOT

SUR UNE RÉCENTE PUBLICATION DES OEUVRES

D'E. DAYOT.

PAR

VICTOR GRENIER

Prix : 1 franc 25

Typ. P. Grenier, Saint-Denis, (Réunion)

878

UN MOT

SUR UNE RÉCENTE PUBLICATION DES ŒUVRES

D'E. DAYOT.

———————

PAR

VICTOR GRENIER

✻✻
✻

Prix : 1 franc 25

— —

Typ. P. GRENIER, Saint-Denis, (Réunion)

— —

1878

UN MOT

Sur une récente publication des œuvres

D'E. DAYOT.

On débite à Saiut-Denio depuis l'arrivée de la dernière malle, un volume de 327 pages, format petit in-8, qui a pour titre : Œuvres choisies d'Eugène Dayot. — Le prix de ce volume est fixe à cinq francs, broché, et six francs cinquante centimes avec une demi reliure : c'est juste deux fois ce que coûte un volume de Lamartine ou de Victor Hugo du même format.

Avant de nous occuper de l'œuvre littéraire pour laquelle nous n'aurons pas grand-chose à dire, puisque tout a été dit, et bien dit sur le mérite de Dayot, nous offrirons à nos lecteurs quelques observations pour leur faire savoir comment et pourquoi ce petit volume vient enrichir la collection de nos poètes créoles.

La première page de titre nous apprend que le volume nouveau paraît avec une notice biographique et littéraire par M. JM. Raffray, et une préface par M. François St-Amand, et en tournant le feuillet, nous voyons la dite préface de St-Amand adressée, sous forme épistolaire à M. Gilles Crestien notaire à St-Paul, président du Conseil de Fabrique de sa paroisse, et membre du Conseil général. Tous ces titres auraient dû suffire à son orgueil; mais quand on prend du galon, on n'en saurait trop prendre ! L'ambition de ce pauvre tabellion St-Paulois l'a perdu: parceque son ami le maire de St-Paul avait fait de lui un personnage politique et religieux, il a cru qu'il devait être aussi une célébrité littéraire et qu'il lui revenait d'élever un double monument à la mémoire d'Eugène Dayot.

Ce double monument consiste premièrement dans le volume dont nous parlons aujourd'hui, et deuxièmement dans un tombeau destiné à recevoir les restes de Dayot dont nous parlerons plus tard, quand ces messieurs les thuriféraires de l'auteur du Mutilé auront donné suite à leur pieuse idée de recommencer son enterrement, après un laps de temps de plus de vingt-cinq ans : — On nous promet alors une exibition plus ou moins carnavalesque et des discours en vers et en prose que nous nous proposons de recueillir pour l'admiration de nos lecteurs.

Que la notice biographique et littéraire publiée par M. Jean Marie Raffray dans l'album de Roussin, figure aujourd'hui au premier plan dans le volume des œuvres choisies de Dayot, pesse encore ! — Cette notice est loin d'être sans mérite, et elle suffit pleinement à la gloire de Dayot. Elle dit tout ce qu'il y avait à dire. M. Crétien n'avait que faire de chercher à y ajouter quelque chose. Remarquons aussi en passant, que puisqu'il jugeait à propos d'emprunter à l'Album de la Réunion une partie importante de son volume, il aurait dû, par respect pour la propriété littéraire, prévenir le public qu'il était muni de l'autorisation de M. Roussin qui devait consentir aussi à lui laisser copier le portrait qui figure en tête du volume des œuvres choisies de Dayot.

Sur ce dernier point, M. Crestien nous répondra peut-être qu'il n'a pas fait reproduire le portrait dessiné par M. Roussin. C'est peut-être vrai, M. Crestien a fait refaire le portrait de Dayot, et ce qu'il nous donne à la place de l'œuvre de Roussin, c'est un portrait de fantaisie qui qui représente peut-être l'image de l'auteur du Mutilé à l'âge de seize ou dix-huit ans c'est ce que

Monsieur Crestien ne peut pas savo'r ni nous non plus. — Ce que tout le monde se rappelle parfaitement à Saint-Paul, c'est la ressemblance reproduite par Roussin, et on se demande en véité, pourquoi M. Crestien a eu l'idée de faire modifier le portrait que tout le monde peut voir dans l'album de l'île de la Réunion. Mais laissons de côté ce détail, nous avons bien d'autres reproches à adresser au collecteur des œuvres choisies de Dayot.

Nous venons de dire plus haut que nous comprenons parfaitement la reproduction en tête du volume qui vient de paraître, de la notice biographique et littéraire par Jean-Marie Raffray, mais quant à la préface composée par François Saint-Amand , nous trouvons réellement que c'est raide.

Saint-Amand est un pauvre vieux camarade do collège à qui nous ne voudrions pas faire de chagrin dans la circonstance ; mais nous croyons qu'il aura assez d'esprit pour comprendre qu'il nous était impossible de le laisser tranquilement faire l'apothéose du citoyen Gilles Crestien sous prétexte d'houorer la mémoire d'un poète créole qui a fait plus ou moins d'honneur à son pays.

La manie des vers est une folie douce qui ne
fait de mal à personne, et que nous respecterions
dans St-Amand, si ce dernier n'avait pas eu l'i-
déebiscornue de proposer a notre admiration le
prosaïque tabellion de St-Paul, à qui il a brave-
ment adressé un sonnet qui figure à la page 63
du volume contenant les œuvres choisies de Dayot. Quelle immense et grotesque plaisanterie !
St-Amand seul était capable de l'exécuter. Alors
nous nous rappelons malgré nous, que notre
pauvre vieux camarade de collége porte un nom
malheureux depuis longtemps parmi les courti-
sans des Muses :

Boileau a dit dans sa première satyre :

St-Amand n'eut du ciel que sa veine en partage :
L'habit qu'il eut sur lui fut son seul héritage;
Un lit et deux placets composaient tout son bien,
Ou pour mieux en parler, St-Amand n'avait rien.

Mais il est temps d'expliquer la part que le
citoyen Gilles Crestien de Saint-Paul a prise
daus la publication de ce volume dont il a eu la
secrète pensée de faire un monument élevé à sa
gloire personnelle, à lui Crestien le tabellion,
bien plus qu'à la gloire de ce pauvre Dayot qui
doit bien être étonné dans sa tombe de l'enthousiasme qu'il inspire aujourd'hui à ses compa-

triotes Saint-Paulois qui l'ont laissé mourir de
faim et de misère . — Le citoyen Gilles, nommé
conseiller général, et membre du conseil de fabrique Saint-Paul , éprouva , l'enuivrement des
grandeurs humaines. Il se crut alors appelé à toutes les gloires, et pensa nécessairement à celle de
voir son nom imprimé dans les gazettes. La chose était facile, il y a des journaux complaisants
qui ont toujours des blancs à remplir, et Gilles
se fit publiciste ! — Nous avons vu paraître
dans le « Nouveau Salazien » les élucubrations
majestueuses de sa plume vagabonde.

Mais du journal au livre il n'y a qu'un pas, le
citoyen Gilles pensa franchir ce pas, pour devenir
définitivement un personnage historique. Il se
fit ce raisonnement : Je suis St-Paulois, et il y
avait à St-Paul un pauvre publiciste, poète à
ses heures, affligé d'un mal hideux. Ce pauvre
diable est mort depuis plus de vingt-cinq ans, et
personne ne pense plus à lui, ce serait le fin du
fin si je parvenais moi. dans ma grosse écorce,
à passer à la postérité sur le dos de ce poète
mutilé. Quel plaisir de voir mon nom briller sur
un volume qui me devrait son existence: Pour
arriver à ce résultat, il faut tout simplement
avoir du toupet, et Dieu sait que je n'en manque
pas ! Cela dit, le citoyen Gilles Crestien se mit

à l'œvre et envoya aux journaux de la Colonie l'avis suivant que nous répétons textuellement, comme on peut s'en assurer en se reportant à la quatrième page des annonces légales et volontaires du numéro du « Travail » publié à la date du 22 Janvier 1870.

« IMPRESSION DES OEUVRES DE DAYOT. »

Je prie les personnes qui sont « détenteurs » des œuvres de notre poète saint-paulois, d'avoir l'obligeance de me confier celles qu'elles possèdent afin d'en prendre copie. Elles aideront ainsi à rendre plus complète la publication projetée.

St-Paul 7 Janvier 1875

Signé : Crestien.

Cette singulière annonce a paru pendant longtemps dans tous les journaux de la Colonie. Nous avons eu nous même, occasion d'en parler, dans une de nos publications, en déplorant que l'auteur n'ait pas jugé à propos de faire rédiger en français, un avis par lequel il annonce au public son intention de se mettre à la tête d'une entreprise littéraire.

En effet les avis destinés à la publicité des journaux sont généralement rédigés d'une façon plus correcte et plus intelligible. Les Commis marchands qui les livrent à l'impression y mettent plus de soin et d'attention. — Cet avis qui s'adresse à toute la Colonie et peut-être au monde entier, est tout simplement signé Crestien. — Quel Crestien ? peut demander un lecteur — Tout le monde ne connaît pas ce brillant marguiller de St-Paul. Et dans tous les cas, il y a plus d'un âne à la foire qui s'appelle Martin. Pour inspirer la confiance, le signataire de l'avis aurait dû faire connaître ses noms, prénoms et qualités. Ensuite la forme employée dans cet avis est déplorable : Jamais annonce n'a débuté par le pronom personnel je. — Puis le met détenteurs, terme de basoche est très-malheureux dans la circonstance, surtout quand il doit s'accorder avec le mot « personnes » qui précède : détenteur fait détentrice au féminin. — Etc. etc. Nous n'en finirions pas si nous voulions faire ressortir ici toutes les les critiques que comportent ces quelques lignes d'avis qu'il aurait été si facile de rédiger autrement. Pour venir au secours du malheureux tabellion saint-paulois, nous avons prié le Commis du Nouveau Magasin, fort, comme on sait, sur la rédaction des annonces, de vouloir bien composer un avis dans lequel il rendrait la pensée de M. Crestien, et qui pourrait paraître dans les journaux, sans soulever trop de critiques, cet avis a été fait, et le voici,

DAYOT ! DAOT ! ! DAYOT ! ! !

Le soussigné, tabellion a Saint-Paul, offrant des garanties morales et politiques, en sa double qualité de marguillier et de conseiller général, a l'honneur de prier les personnes qui pourraient avoir en leur possession des productions littéraires de Dayot, de vouloir bien lui permettre d'en prendre copie; pour lui faciliter la publication qu'il se propose de faire des œuvres de ce poete enfant de Saint-Paul.

Signé : Gilles Crestien.

Cette dernière rédaction, beaucoup plus correcte que celle originairement adoptée par M. Crestien, aurait eu l'avantage d'épargner à ce dernier les observations de ceux qui lui demandent de quel droit il se pose en collecteur des œuvres littéraires et poétiques de Dayot, quand il n'est pas capable de rédiger un avis de quatre lignes.

Le citoyen Gilles Crestien n'a eu cure de ces observations, et dédaignant les critiques des méchants, envieux de sa gloire, il a continué à suivre son projet, en publiant, toujours dans les journaux, un autre avis que nous devons naturellement joindre à la collection de ses œuvres. Voici ce nouveau morceau littéraire :

IMPRESSION

DES OEUVRES DE DAYOT

Prix de la souscription :

ON SOUSCRIT :

A Saint-Denis, chez MM. Reydellet, Joseph Valentin, A, Cologon, Gillonnet, chez les libraires et au bureaux du télégradhe.

A Sainte-Marie, chez MM. Emile Bellier et François Saint-Amand.

A Sainte-Suzanne au bureau du télégraphe.

A Saint-André, chez M. Albert Laserve et au bureau du télégraphe.

A Saint-Benoit, chez M. Louis Brunet et au bureau du télégraphe.

A Saint-Joseph, chez M. (Lueas.

A Saint-Pierre, chez MM. Omer Sanglier, Gabriel Potier et Paul Cudenet.

A Saint-Louis, chez M. Lamendour.

A Saint-Leu chez MM. Murat et Dachery fils.

A Saint-Paul partout.

Les listes de souscription devront être retournées à Saint-Paul, ainsi que leurs produits, le 31 décembre 1877.

Signé : Crestion.

C'est ici que le lecteur doit mettre ses bras dans ses poches de peur de les voir tomber ! Cette annonce dépasse tout ce que l'auteur a commis de plus exentrique en littérature ! — Ainsi après avoir expliqué minutieusement chez quelles personnes sont déposées les listes de souscription dans les principaux quartiers de l'Ile, quand il arrive à Saint-Paul, il s'écrie : partout !

Partout comment ? — Partout où ? — Est-ce que le voyageur qui arrive à Saint-Paul pourrait aller chez les Belons au bout de l'Etang, et demander là, au premier pêcheur venu s'il a dans sa vouve une liste de souscription aux œuvres de Dayot ? — Est-ce qu'on pourrait aller dans le fond du quartier Tamatave, se faire inscrire pour le même objet ? — Partout ! Nous n'avons jamais rien vu dans la presse de plus universellement ridicule. Et c'est l'auteur de pareilles plaisanteries qui se permet de prendre le mandat de choisir dans les œuvres de Dayot une collection de pièces dignes de figurer dans un volume qu'il appelle un monument ! — Et ce monument payé par la générosité de quelques camarades ou de quelques curieux qui ont consenti à souscrire pour cinq francs, est mis sous la protection du citoyen Gilles Cèestien, qui aura l'honneur de l'avoir élevé, ainsi que la chose est démontrée dans une dédicace par François Saint-Amand, et

dans un sonnet du dit même François Saint-
Amand déjà plusieurs fois nommé :

Faut-il s'étonner après cela, si le choix des
œuvres de Dayot imprimées par les soins de M.
Gilles Crestien, a été fait de la façon la plus ma-
ladroite, et la moins intelligente : — M. Crestien s'est adjoint M. François Saint-Amand pour
l'aider dans sa besogne : les deux font la paire.
Ces deux collaborateurs s'en vont crier par des-
sus les toits, en prose et en vers, qu'ils ont élevé un monument à l'amitié, en publiant le volume que nous connaissons. Ne dirait-on pas qu'-
ils ont été réel'ement les amis de Dayot, qu'ils
ont joui des charmes de sa conversation, qu'ils
ont reçu les confidences de son âme ulcérée? —
Eh bien ! Pas dutout ! Gilles Crestien était encore un bambin à l'école, quand déjà Dayot s'é-
tait fait un nom dans la presse coloniale. Il a pu
voir quelquefois l'auteur du Mutilé dans les rues
de Saint-Paul ; mais nous croyons pouvoir affir-
mer, sans crainte de nous tromper, qu'il ne lui
a jamais adressé la parole : quand à St-Amand,
il nous apprend lui-même dans sa préface qu'il
n'a jamais vu Dayot qu'en peinture. Voilà il faut
l'avouer de bien singuliers amis.

On dit aussi que M. Crestien a eu recours à
la collaboration de M. Bon, proviseur du Lycée,

quand il s'est occupé de l'impression des œuvres de Dayot. Sans porter atteinte à la compé-
tence et au mérite littéraire de M. Bon, nous di-
rons que c'est encore un choix très-malheureux;
car enfin le Proviseur du Lycée est arrivé dans
la Colonie plus de vingt-ans après la mort de Dayot, dont il n'avait peut-être jamais entendu
parler, et qu'il n'a pu connaître que par ce que
lui en a appris M. Crestien lui-même.

Aussi qu'est-il arrivé à tout cela ? C'est que
le choix des œuvres de Dayot a été fait en dépit
du sens commun. Le volume imprimé pour ser-
vir de monument à sa gloire, semble avoir été
fait pour démontrer qu'il était impossible de faire
un volume en réunissant les œuvres de Dayot —
Nous savons cependant que ces œuvres éparses
dans différents journaux, on conservées dans de
nombreuses correspondances avec des amis, pourraient fournir la matière de plusieurs volumes in-
téressants. M. Gilles Crestien et ses collaborateurs
ne se doutent pas de cela. Ils offrent au public un
volume de 327 pages qui contient 48 pages con
sacrées aux poésies de Dayot. Le reste est rem-
pli par des vers s'étalant sous la signature de
François Saint-Amand, par quelques articles en
prose, intitulés variétés et enfin par l'ébauche
d'un roman inachevé dont on ne publie que 12

chapitres quand il devait en avoir 24. Et il
faut ajouter que ce roman d'un mérite inférieur,
qui a pour titre Bourbon Pittoresque n'est pas
entièrement de Dayot : dans les deuze chapitres
publiés, il y en a plusieurs qui sont de Raffray.
Ce fragment de roman remplit d'ailleurs les
deux tiers du volume.

Quoi ! vous n'avez rien trouvé de mieux à
mettre dans la collection des œuvres choisies de
Dayot ? Mais vous ignorez donc que celui dont
vous voulez immortaliser le nom, a été non seulement poëte à ses heures, mais surtout publiciste distingué, et polémiste remarquable, plein de
verve et d'humour ? Vous ne pouvez pas l'i-
gnorer, après avoir lu les documents que vous
aviez sous les yeux. Alors quoi ? je vais vous expliquer pourquoi au lieu de donner une collection intéressante des œuvres de Dayot, vous n'a-
vez offert au public qu'une plate et insignifiante
compilation. C'est que d'une part vous n'avez
pas compris ce que vous aviez sous les yeux, et
que d'un autre côté vous avez eu peur de publier
certaines choses. Dayot a fait des publications
intitulées: « Les Moustiques » dans lesquelles il
mêle l'esprit à la plus acerbe malignité : Dayot
a publié des polémiques remarquables qui rap-
pellent sinon la verve entrainante de Paul Louis
Courier , du moins le satyrique bon sens de d'Al-

phonse Karr. Mais vous n'avez rien publié des
Moustiques dont les traits sont peut-être dirigés
contre certains de vos amis ou de vos parents :
vous ne faites pas non plus mention des polémiques de Dayot, quisqu'il aurait fallu reproduire
une série d'éreintements contre des gens que vous
voulez ménager, Monsieur Adrien Bellier par
exemple. Il y avait là cependant matière à remplir plusieurs volumes, mais il aurait fallu pour
cela plus d'intelligence et moins de couardise.
Voilà pourquoi votre volume est insignifiant
quand il aurait pu, quand il aurait dû, être plein
d'intérêt.

Avant d'aborder la critique au fond, des œuvres de Dayot, il est nécessaire d'ajouter encore
quelques mots pour montrer de quelle étrange
façon M. Gilles Crestien a procédé dans le choix
des pièces qui composent le volume offert aujourd'hui sous ses auspices, à l'admiration des
lecteurs.

Dayot a été pendant toute sa vie rédacteur et
collaborateur de différents journaux publiés à
Saint-Paul. Il a écrit dans le « Créole, « le
« Courrier de Saint-Paul » et le «Bien Public».
C'est dans ces journaux que se trouvent éparses les poésies qu'il a publiées à de rares inter-
valles. C'est aussi là qu'il fallait chercher la col-

lection de ses œuvres en prose. M. Crestien a
dû se procurer facilement la collection des journaux dont nous venons de parler. Le mandat
qu'il s'était officieusement donné consistait à
faire un choix judicieux des pièces qui étaient dignes de passer à la postérité. Pour cela il fallait
du goût, de l'intelligence et surtout des con-
naissances littéraires qui paraissent fort étran-
gères, il faut le dire, au présomptueux tabellion de
Saint-Paul. Aussi le résultat par lui obtenu est-
il parfaitement extraordinaire.

Plusieurs pièces publiées par M Crestien dans le
volume des œuvres choisies d'Eugène Dayot ne
sont pas de Dayot. Nous n'en citerons qu'une
dont on ne pourra certainement pas nous contes-
ter l'origine puisque cette pièce est de nous, et
que nous l'avons imprimée dans le « Bien public à » l'époque où nous avons été appelé à prendre la rédaction de ce journal, après la retraite de
Dayot, c'est-à-dire dans les premiers mois de
l'année 1852. Seulement, comme à cette époque
les rédacteurs ne signaient pas leurs articles,
M. Crestien sans se rendre compte de cette circonstance, que Dayot était depuis longtemps
étranger à la rédaction du « Bien public, » a cru
pouvoir lui attribuer des vers qui ne sont pas
évidemment de lui, et qui ne peuvent pas être
de lui.

Pour bien faire comprendre l'énormité de cette erreur grossière, il suffit de rapporter cette pièce que j'adressais à Mme Victor Grenier, qui s'appelle Eugénie, pendant qu'elle était allée passer quelques jours à St-Denis, et que j'étais resté seul à St-Paul, sur l'établissement « Mon Repos. »

Voici textuellement cette pièce de vers, qui, paraît-il, a trouvé grâce devant M. Crestien, ce qui n'est pas un brevet pour passer à la postérité :

A EUGÉNIE.

—o—

Toi dont la main si douce et la voix argentine
Ecarte les soucis qui volent près de moi;
Ange adoré, reviens de ton aile divine,
Soulever en passant mes pensers jusqu'à toi !

Fleur aimante du soir, pâle et limpide étoile,
Dont la douce clarté rayonne dans mon cœur,
Viendras-tu pas la nuit, à l'heure où tout se voile,
Me parler d'avenir, de joie et de bonheur ?

Oh ! l'avenir, enfant ! il ont flétri les roses,
Dont le printemps parait son beau front virginal,
Ils ont souillé les fleurs avec la brise écloses,
Et s'ouvrant au rayon du soleil matinal !

Tout ce que j'ai touché dans mon ardeur brulante
S'est desséché, soudain comme un fruit avorté !
Tout a menti pour moi; leur cabale puissante
Ne m'a point pardonné mon sourire effronté.

Mais que m'importe à moi, qui bravant leur colère,
 Dédaigne des méchants les efforts odieux,
 Qu'importe la richesse et les biens de la terre,
 Si le soir, à tes pieds, je les trouve en tes yeux !

Oh ! que ta voix me parle au milieu de l'orage,
Et je ris des autans déchainés contre moi ;
Que la foudre en éclats brise mon ermitage,
Je m'endors confiant sur un baiser de toi !

Après la lecture de cette pièce, on se demande
avec ébahissement, comment M. Crestien a pu
attribuer à Dayot des vers qui ne sont ni dans sa
forme, ni dans le cours de ses idées ordinaires.
Comprend-on l'auteur du Mutilé adressant une
pareille pièce même à un être imaginaire ? — Mais
c'est tout justement le contraire de tout ce qu'il
a dit dans toutes ses plaintes poétiques. — Il y
a mieux, c'est que Dayot, quand il a lu cette pièce
que je lui avais envoyée dans un numéro du
« Bien public, » en faisant peut-être l'éloge de

quelques strophes , ne s'est pas gêné pour
en critiquer d'autres de la façon la plus vive,
et cela, avec beaucoup de raison. Ainsi il n'ad-
mettait pas que ce vers :

« Ne m'a point pardonné mon sourire effronté, »
pût entrer dans une pièce qui devait se tenir à
une certaine hauteur, et éviter la trivialité qu'il
est permis de laisser passer dans des vers bur-
lesques qu'il m'était arrivé de publier quelquefois dans la « Lanterne magique, » par exemple.

Cette critique de Dayot me fut rapportée par
un de nos amis communs, M. Riche, aujourd'hui
Officier ministériel à St-Pierre : je l'acceptai parfaitement et je me proposais de corriger le vers,
quand il m'arrivera de faire une collection de ce
que j'ai pu écrire ; M. Crestien me porte préjudi-
ce en imprimant sans mon autorisation une pièce
que je voulais modifier. — Il y a en outre, dans
la reproduction qu'il a faite, une faute que je
laisse tout à fait pour son compte : c'est au com-
mencement du dernier vers de la troisième strophe où M. Crestien a fait mettre : en s'ouvrant
etc ..... quand il faut lire : et s'ouvrant etc .....
Avec le mot en, le vers n'a pas de sens ; mais
peu importe à M. Crestien, il paraît que pour lui
c'est un détail insignifiant que celui qui consiste à
écrire des vers qui ont un sens.

Il est une autre observation qu'il est important de faire. Sans doute, celui qui se donne la mission de publier les œuvres d'un poëte mort depuis vingt ans, quand il doit trouver ces œuvres dans des feuilles éparses, a le droit et le devoir de choisir et même de retrancher dans certaines compositions des pages qui ne sont pas faites pour être insérées dans un volume. C'est cette obligation que M. Crestien a surtout mal comprise. Nous ne voulons en citer qu'un exemple: dans une pièce de vers que Dayot a adressée à M. Ernest Cotteret, M. Crestien a jugé à propos de supprimer sans raison la dernière strophe que nous prenons la liberté de mettre, sans sa permission, sous les yeux du lecteur. Voici :

Puis quand la muse aura soulagé ma souffrance,
De tes tendres accents se souvenant aussi ,
Mon cœur te redira dans sa reconnaissance
Merci, frère merci !

Monsieur Crestien a supprimé cette strophe, il devrait bien nous dire pourquoi ? mais il a fait imprimer la strophe suivante : qu'il avait le droit et le devoir de supprimer:

Pourtant, comme Esaü du plus haut heritage ,
J'ai marchandé ma part pour assouvir ma faim ,
Insensé,... le besoin n'est-il pas une page
Que nous tournons sans fin ?

Nous nous demandons réellement comment
M. Gilles Crestien n'a pas pensé à supprimer
dans cette pièce d'Dayot, ces vers qui initient le
public aux détails les plus prosaïques. Celui qu'il
appelle son ami et à qui il se propose d'élever
un double monnment, est en effet mort à St-Paul,
sur le fumier de Lazare en tendant la main. Nous
avons eu sous les yeux des otographes de ce malheureux, quand il pouvait écrire encore, où il a
écrit à ses amis intimes, de lui envoyer un secours quelconque, si modique qu'il soit, « quand
ce serait cinq francs. » C'est triste, mais pourquoi faire connaître ces choses ?

Si M. Crestien avait consulté son collaborateur,
M. François St-Amand, celui-ci lui aurait fait
comprendre qu'il y a certains détails prosaïques
dans la vie des poëtes qu'on ne doit pas livrer au
commentaire du vulgaire. N'a-t-il pas dit lui-même, dans le même ordre d'idées, à M. de Rontaunay, qui lui avait fait présent d'une somme
ronde, pour l'aider dans une publication quelconque :

Tu le sais, Rontaunay, ma muse indépendante,
N'a jamais fait appel à ta caisse opulente.

Un mot maintenant sur la participation du
pauvre François Saint-Amand à l'œuvre doublement
ment monumentale érigée par le tabellion Gilles

Crestien. Il faut rendre justice à chacun etreconnaître que l'idée d'élever un tombeau à Dayot, et de réunir ses principales pièces de poësie dans un volume spécial, n'est pas de M. Crestien, mais bien de François Saint-Amand, qui l'a écrit dans une pièce qu'il m'a fait parvenir à la date de décembre 1852 à l'époque ou je rédigeais le « Bien Public » et que j'ai fait publier daus ce journal, après avoir fait à l'auteur quelques observations sur des vers qu'il a changés. Il aurait dû en changer beaucoup d'autres. Quoiqu'il en soit cette pièce de vers se retrouve aujourd'hui dans le volume contenant les œuvres choisies de Dayot, et nous lisons ce qui suit :

Que ton souvenir vive au cœur de tout créole !
Mais ta pensée, hélas ! en des feuillets mouvants
Jetés aux vents du ciel, se disperse et s'envole,
Et la brise qui passe emporte ta parole
Sur son aile rapide en l'abîme du temps.

Ah! qu'une main pieuse élève à ta mémoire
Un simple monument qui sauve de l'oubli
Ton nom dans l'avenir, et qu'un reflet de gloire,
Aux regards de nos fils, feuilletant notre histoire,
Te pare quelque jour, poëte enseveli !

De tes chants dispersés, de tes notes perdues,
Qu'un volume pour nous, conserve le trésor !
Laissons nous des martyrs les cendres répandues?
Les reliques des saints sont-elles confondues
Dans un oubli commun au séjour de la mort ?

Signé :   François St-Amand.

Certes, cette prose rimée ne manque pas complètement de toute espèce de mérite, mais il faut dire, en vérité, qu'il n'était nullement nécessaire de la faire figurer au beau milieu du volume qui contient les œuvres choisies de Dayot.

Après les stances sur la mort de Dayot , nous trouvons un sonnet adressé par le même François St-Amand à M. Gilles Crestien. Sonnet ! C'est un sonnet ! C'est-à-dire une pièce de vers où la muse

Voulut qu'en deux quatains de mesure pareille,
La rime avec deux sons frappât huit fois l'oreille,
Et qu'ensuite six vers artistement rangés,
Fussent en deux tiercets, par le sens partagés.

La règle est parfaitement observée. St-Amand qui a commis un nombre prodigieux de vers, ou lignes rimées, dans sa vie, a fini par acquérir la poésie de la forme que donne le travail ; mais il n'a pas la poésie des images et de la pensée que donne le génie, c'est ce qui fait que son sonnet, n'étant pas sans défaut, est loin de valoir à lui seul « un long poëme. »

Quoiqu'il en soit, cette pièce doit être signalée au lecteur : c'est l'apothéose du citoyen Gilles Crestien placé à la fin des œuvres poétiques de Dayot. C'est ici que ces messieurs ont réellement dépassé la permission de se moquer du peuple d'Israel.

L'ombre malheureuse de Dayot errait depuis vingt-ans et plus (style de franc-maçon) sur les bords du Styx comme celles des héros payens morts sans sepulture. Mais voilà que la main généreuse du citoyen Gilles Crestien est venue rendre au poète saint-paulois, le pieux service de lui faire traverser la plaine qui mène à l'immortalité. Salut à lui ! Et pour le remercier dignement, St-Amand fait un effort de mémoire et se rappelle les vers adressés à Chateaubriand par Béranger, et que notre vieux professeur Jules Lebel nous citait avec un si juste enthousiasme.

« Chateaubriand, pourquoi fuir ta patrie?—
n'entends-tu pas la France qui te crie: —n.on beau
ciel perd une étoile de moins !

Ici au lieu d'une étoile de moins, c'est une étoile de plus: MM. Saint-Amand et Gilles Crestien enfoncent Béranger et Chateaubrilland !

Voici les deux tiercets qui terminent ce fameux sonnet :

Merci donc et salut à vous, dont les efforts
Ont sauvé ses débris dispersés sur nos bords.,
Pour tresser au défunt sa couronne sacrée:
Et Bourbon, désormais, dans sa voute azurée,
Contemple en l'admirant une étoile de plus ,
Dayot, illustre nom, parmi ses fils élus.

Voilà qui est fait ! M. Gilles Crestien conduit par Saint-Amand, passe à la postérité sur le dos de Dayot. Et le tabellion Saint-Paulois accepte et se fait adresser tous ces éloges, il avale tout cela, et fait consigner ces plaisanteries dans le volume imprimé par ses soins. « Risum teneatis amici ? Voyez-vous ce gros magot chinois, ventru comme un concombre, adoré par un enfant de l'empire du milieu, et prenant la chose au sérieux !

Mais ce n'est pas tout ! Il y a la préface, adressée comme nous l'avons dit plus haut, à Monsieur Gilles Crestien sous forme épistolaire. Ici Saint-Amand s'est contenté de faire de la vilaprose. On sent que cette préface est un travail de commande. L'ouvrier qui l'exécute, s'acquitte de sa besogne avec d'autant plus de plaisir qu'il y trouve gloire et profit. Saint-Amand semble en effet avoir produit ce morceau de littérature, uniquement pour se donner la satisfaction d'appeler Dayot son frère. — Son frère, comment, et pourquoi ? — Nous n'avons jamais entendu dire que M. Dayot père ait eu, avant, pendant ou après son mariage, un autre fils qu'Eugène Dayot. — Alors il faut penser que Saint-Amand a voulu dire qu'il était le frère de ce dernier, en poésie, parceque tous les poètes sont frères. C'est cela ; mais il faut reconnaître que l auteur de la préface, après avoir dit dans son sonnet que Dayot est un nom illustre parmi les fils élus de la Colonie, ne se donne pas de coups de pied dans le dos, en l'appelant modestement son frère. Parbleu ! Il a bien raison : après avoir fait entrer le citoyen Gilles Crestien dans le temple de mémoire, il aurait été bien bête de rester lui-même à la porte. Que Minerve lui fasse donc miséricorde!

Comme nous l'avons dit plus haut, nous terminerons cet opuscule en disant quelques mots sur le mérite littéraire des œuvres de Dayot.

Son bagage poetique n'est pas très-considérable, mais la qualité vaut mieux que la quantité :

On lui doit : « Le Mutilé, Ni Père ni Mère, Le
Rêve, La Hâche et quelques strophes heureuses
intitulées Salazie : le reste ne vaut pas la peine
d'être compté. Dayot a surtout été remarquable
comme polémiste et comme écrivain humoriste :
M. Crestien comme nous l'avons vu ne fait pas
mention de ce détail.

Parlons du « Mutilé : » c'est la pièce à laquelle Dayot doit surtout sa célébrité. Pour nous,
nous préférons le » Rêve » et la pièce intitulée
« ni père ni mère. » Mais l'engouement public
s'est prononcé pour le « Mutilé ou la Hache. »
Soit ! Il est certain que ces quatre pièces de vers
révèlent le talent d'un véritable poëte, et si la mort
n'était pas venue le frapper dans la force de l'âge,
au milieu des douleurs physiques et morales de
toute espèce, il aurait pu laisser un nom célèbre
à la gloire littéraire de son pays. Il n'a été, hélas ! qu'une brillante espérance. Le jugement le
plus sain et le plus judicieux qui ait été porté
sur Dayot se trouve en tête de la notice que
nous devons à la plume de J. M. Raffray.
Le reste n'est que de l'enflure et de l'exagération.

Voici le passage de la notice de Raffray, imprimée dans « l'Album de l'Ile de la Réunion : »
« Celui dont nous allons en quelques traits, es-
quisser la rapide et triste existence, n'est pas un

de ces noms raisonnants que la gloire couronne
de son immortel laurier; mais il fut néanmoins
poète à ses heures, publiciste [distingué ,
quand la presse coloniale le compta dans ses
rangs, enfant de notre pays. Et ces titres ont paru suffisant, à quelques uns de ses amis pour lui
marquer sa place dans cette galerie de nos illus-
trations coloniales. »

Revenons au « Mutilé, et demandons nous
dans quel genre de poésie, il faut classer cette
production littéraire : est-ce une élégie, comme
les feuilles d'automne de Millevoye ? — Est-ce
une ode comme la neuvième ode de Gilbert ? —
Non. M. Raffray qui se pose la même question,
répond que ce n'est ni une élégie, ni une ode,
c'est, dit-il, une « Lamentation » dont [chaque
vers est un sanglot. Soit. Nous acceptons cette
classification poétique, en ajoutant que cette lamentation pleine de déchirements n'est pas toujours exempte des reproches d'une juste et rigou-
reuse critique. D'abord en beaucoup d'endroits,
le poète a laissé passer des négligences qu'il aurait pu éviter avec un peu de travail.

Par deux fois, dans la première strophe intitulée « Moi, » qui est le prologue de la pièce,
et dans la dernière strophe qui en est la conclu-
sion, il répète absolument la même pensée et fait

rimer front avec abandon: la rime n'est pas riche.

Quand les neiges de l'âge auront blanchi mon
                                                front,
Aurai-je une âme en qui s'épanchera mon âme ?
Non, malheureux, au port où m'attend l'abandon
Sans joie et sans regret je quitterai la rame,
et plus loin il répète:

Ah ! lorsque vers la tombe inclinera mon front,
Je n'aurai pas une âme à qui léguer mon âme,
Arrivé seul au port où m'attend l'abandon,
Sans sourire, sans pleurs, je quitterai la rame.

Mais nous avons parlé de Gilbert et de Millevoye et il faut remarquer, sans chercher à amoin-
drir le mérite du « Mutilé » que Dayot a puisé
à pleines mains dans ses deux devanciers pour
remplir les plus belles strophes de sa pièce.

    « A ce large festin des élus d'ici-bas »

Rappelle la strophe si connue de Gilbert

    « Au banquet de la vie, infortuné convive,
    « J'apparus un jour, et je meurs ;
    « Je meurs et sur ma tombe où lentement
                                                j'arrive,
    « Nul ne viendra verser des pleurs.

Et toute la pièce du « Mutilé » n'est-elle pas une réminescence de ces vers de Millevoye où l'auteur des feuilles d'automne se plaint de l'abondon qui suivra son trépas ? Gilbert, Milevoye, Dayot, se répètent l'un après l'autre. Tous ils se plaignent de la même manière « de l'oiseau d'oubli » qui viendra chanter sur leur tombe.

C'est la même note plaintive ; mais les vers de Gilbert et de Millevoye ne laissent pas dans l'esprit, il faut le dire à regret, ce sentiment pénible qu'on éprouve à la lecture du « Mutilé » quand on se demande la cause du mal dont se plaint avec tant d'éloquence le poëte Saint-Paulois. Comme Alphonse Rabbe, le malheureux Dayot a du se dire :

« Tourments inexplicables ! punition affreuse! Désormais je dois chercher toutes mes vertus dans le répentir qui me dévore ; il faut que je m'épure par le feu inextinguible des incurables douleurs, que je remonte à la dignité de mon être par le profond et cuisant regret de l'avoir souillé.

Saint-Denis le 24 Mai 1878.

V. G.

www.ingramcontent.com/pod-product-compliance
Lightning Source LLC
Chambersburg PA
CBHW061612180626
46818CB00005B/2040